PULCINELLA

REFLET D'ITALIE

SÉRIE NOUVELLE GRAND IN-12

PARIS. — IMPRIMERIE ÉMILE MARTINET, RUE MIGNON, 2.

PULCINELLA

REFLET D'ITALIE

PAR

ALFRED DES ESSARTS

LIBRAIRIE D'ÉDUCATION

33, GRANDE-RUE (GRAND-MONTROUGE)

Banlieue de Paris

1882

PULCINELLA

REFLET D'ITALIE

I

C'est vers le soir que Naples existe véritablement. Alors cette ville favorisée du soleil, de la mer, ville heureuse, gaie, insouciante entre toutes, — car la vie y est si facile, la brise si caressante, le *far niente* si doux! — sort de sa sieste, s'agite, bruit, jette au Pausilippe, au Vésuve, à Portici, au lac d'Agnano ceux de ses habitants qu'entraîne l'amour d'une nature pittoresque, tandis que le reste se presse dans le long parcours de la rue de Tolède, ou sur les terrasses de la villa Reale, ou, enfin, dans de légers esquifs, s'abandonne au balancement des flot endormis de la **M**éditerranée.

Peuple fortuné entre tous, que la passion du gain et les cruelles nécessités du travail ne retiennent pas, comme les fils du Nord, dans les sombres entrailles d'un atelier; peuple poète, musicien, fantasque, babillard, qui trouve sa volupté suprême à ne rien faire, à qui il suffit de si peu de chose pour vivre! Qu'il brille surtout, et il est satisfait. Place, place aux carrosses qui se succèdent le long de la rue de Tolède; place aux coureurs armés de flambeaux! Plus d'un gentilhomme a chez lui maigre cuisine, et ses meubles surannés n'ont pas bougé depuis trois générations; mais il sort en carrosse, mais il a la satisfaction orgueilleuse de voir son léger coureur le précéder en gambadant comme un farfadet. A l'intérieur, on imite le simple lazzarone : on se met au régime du macaroni et des pastèques. L'existence générale ne paye tribut qu'à la vanité.

Voilà les cafés inondés de désœuvrés, les promenades couvertes de gens qui regardent et sont regardés : militaires, poètes, maestri, hommes de loi, marins, étrangers, artistes, se croisent, se mêlent, échangent le feu des paroles et la fumée des cigarettes ; mollement étendus sur les marche, des églises, sous le péristyle des palais, les lazzaroni, tantôt pêcheurs, tantôt *facchini* sur le port, savourent le repos complet.

Tout à coup, cependant, ces mêmes lazzaronis sortant de leur immobilité orientale, bondissent, secouent leurs larges culottes, rajustent leur bonnet de laine rouge, frappent joyeusement dans leurs mains et s'élancent vers l'entrée du quai de la Chiaja, en s'écriant :

> Andiam, andiam in fretta
> A veder Pulcinella.
> Quello gobbo frenetico
> Che pugnerà col Diavol !

En 1825, le fanatisme du peuple napolitain ne connaissait pas de bornes à l'endroit du signor Pulcinella. Il est vrai que jamais peut-être nul interprète n'avait su mieux que Francesco Saverini donner son véritable langage, l'accent grotesque de ses passions violentes, de ses fureurs moqueuses, de son impitoyable scepticisme à cette figure enluminée, coiffée d'une perruque blanche, d'un tricorne, et pourvue d'une double bosse, qui représente si éloquemment les vices de la foule et son éternel esprit de révolte contre l'autorité.

Polichinelle et son bâton, — c'est-à-dire la force qui se moque de la loi;

Polichinelle et ses bosses, — c'est-à-dire la laideur insultant à ce qu'il y a de beau et de pur;

Polichinelle et ses chansons, — c'est-à-dire l'ironie en face du devoir, l'incrédulité devant la foi, la révolte d'une philosophie grossière au sein de la misère et aux yeux de la société.

> Andiam, andiam in fretta
> A veder Pulcinella.

Francesco Severini, notre grand artiste, notre improvisateur plein de verve, — et qui n'a pas besoin, comme Corinne, de gravir le Pausilippe, une lyre à la main; — Francesco Severini a allumé les deux quinquets qui servent de rampe à son théâtre de toile et de bois.

Il a ajusté son immuable décor, — une place publique avec des pans de maisons en coulisses; il tient dans sa main ses marionnettes agiles qui remueront bras et jambes et tourneront docilement la tête sous la pression du fil : le reste ne regarde plus que son génie et l'heureuse inspiration solennelle de la soirée.

Attention..... le rideau s'est levé, le drame va commencer.

Oui, le drame. Et quel drame que celui-là! La vie entière, représentée dans ses éléments de lutte, de misère, de combat entre l'or et l'adresse, entre le propriétaire exigeant et le débiteur insolvable, qui cependant rit toujours, et des tours qu'il joue à ses voisins, et des vols qu'il fait à ses amis, et des coups qu'il donne au podestat, et des pleurs de sa femme, et enfin des menaces du diable.

A ce dernier point vous frémissez. A l'apparition du messager de l'enfer, nos bons Napolitains se pressent émus et silencieux. Seul, Pulcinella ne craint rien : il commence par adresser au sire encorné un discours mielleux; il veut l'associer à son genre de vie et trouver un utile complice dans celui qui doit l'emporter.

Peu s'en faut qu'il ne lui prouve que lui Pulcinella est, au demeurant, le plus honnête homme du monde, et qu'il n'a fait que pratiquer la vertu en vengeant le pauvre du riche.

PULCINELLA.

Messire Belzébuth, ayez donc patience :
A me comprendre mieux mettez votre science.
Êtes-vous si pressé — pour écouter si mal, —
De m'emmener en poste au séjour infernal?
Doucement, mon brave homme, et pas tant d'algarades,
Asseyez-vous un peu, causons en camarades.
Pour mes quelques péchés vous m'avez rédigé,
Votre fourche à la main, un terrible congé.
Je suis né pour combattre, éternelle ressource
De quiconque n'a pas un ducat dans sa bourse.
J'ai combattu, rossant, rossé, toujours content,
Payant avec des coups ou de l'esprit comptant.
N'écoute que ma voix et non ceux que je rosse...
Quel homme est patient lorsqu'il a double bosse ?

BELZÉBUTH.

Chansons que tout cela !... Coquin, tu me suivras.

PULCINELLA.

Crois-tu siffler ton chien ?

BELZÉBUTH.

Viens ! roi des scélérats.

PULCINELLA.

Non ! non ! je ne crains pas tes griffes et tes cornes.

BELZÉBUTH.

Ton endurcissement a dépassé les bornes.

PULCINELLA.

Moraliste d'enfer, tu changeras de ton :
Remarque de quel bois est taillé mon bâton !

La grande lutte s'engage : quelles volées de bastonnade ! Comme le gourdin voltige et tombe rapidement tantôt sur la tête, tantôt sur les épaules du diable ; et comme il passe des mains de Pulcinella en celles de Belzébuth !... Les lazzaroni ne respirent plus... Le cou tendu, l'œil dilaté, ils ne se sentent plus vivre. Tout leur être est attaché à ce duel suprême, à ce duel désespéré... Soudain Pulcinella, épuisé, abandonne son bâton, jette un dernier blasphème, un dernier éclat de rire, et se laisse saisir et emporter dans le gouffre par son ennemi vainqueur !

Tel était le spectacle que Francesco Severini donnait chaque soir à la foule ébahie, sans que jamais son auditoire fût moins nombreux ni moins attentif.

Un jour vint cependant, où le calme habituel, l'insouciance invétérée dc la population napolitaine furent troublés comme l'onde par un orage imprévu. Le gouvernement s'était vu forcé d'établir divers impôts assez lourds. Cette mesure fut en quelque sorte l'étincelle qui met le feu à une mine de poudre. La ville entière s'enflamma. Ces Napolitains, si insouciants d'ordinaire, ces lazzaroni désœuvrés et mous, étaient devenus des espèces de lions menaçants.

Leurs attroupements sinistres occupaient dans toute sa largeur la rue de Tolède; plus de travaux, plus de chansons, plus de promenade, plus de sieste ; on s'abordait le feu dans les yeux, on s'encourageait à la résistance, et déjà chacun se mettait en quête d'une arme pour figurer dignement au grand soleil de l'émeute.

Rien de si irritable et parfois même de si terrible que les populations débonnaires et indolentes, lorsque tout à coup leur colère s'allume et va d'excès en excès. On était donc à ce moment solennel où la foule roule sourdement dans les nuages éloignés, où la lutte va s'engager à un signal inattendu donné par le hasard lui-même.

Ce fut alors qu'un homme inconnu se présenta chez le premier ministre, le duc de Giordanelli, et demanda instamment à être introduit auprès de Son Excellence.

Le duc n'était pas en humeur de causer. Il refusa d'admettre ce visiteur. Celui-ci insista.

— Veuillez annoncer, dit-il à l'huissier, qu'il s'agit d'une importante révélation, d'un moyen de comprimer l'émeute.

A cette nouvelle, le duc ne put s'empêcher de sourire.

— Ah! ah! dit-il, quelque charlatan sans doute. Il est des empiriques aussi bien en politique qu'en médecine; mais enfin, je ne voudrais pas avoir à me reprocher d'être resté sourd à un bon avis.

Il donna ordre que l'inconnu fût introduit.

— Qui êtes-vous, monsieur? Comment vous nommez-vous?

— Qui je suis, monseigneur?... oh! fort peu de chose, et mon nom ne vous en apprendrait pas davantage. On m'appelle Francesco Severini.

— Il me semble que ce nom est arrivé déjà jusqu'à moi...

— Ce ne serait pas, après tout, extraordinaire, monseigneur, vu la popularité dont il jouit.

Le ministre recula d'un pas. Quel pouvait être un personnage qui parlait avec tant d'assurance de sa popularité?

Le visiteur reprit :

— Pour ne point abuser du temps de Votre Excellence, je vais tout de suite au fait. C'est moi qui chaque soir donne en plein vent le spectacle de *Pulcinella*.

— Se peut-il? s'écria le ministre choqué; osez-vous bien, quand l'État se trouve engagé dans la crise la plus grave...

—Permettez, monseigneur; loin de moi la pensée de vouloir occuper Votre Excellence de sujets frivoles. C'est précisément cette crise à laquelle j'ai découvert un remède.

— Vous!... Burlesque marionnette!... Vous!... C'est trop fort!... Et si je ne contenais mon indignation...

— Un éclat serait injuste, repartit Francesco avec un calme et une modération qui imposèrent au ministre irrité. Votre Excellence a déjà fait ranger sur la place la garde suisse?

— Sans doute, et avant une heure peut-être le feu commencera.

— Au nom du ciel! qu'il n'en soit rien fait... Ou, du moins, que les mesures de rigueur ne soient prises que cette nuit. Je m'engage, moi, à calmer le peuple ce soir même, à transformer en mouton ce dogue irrité.

— Quel est votre moyen? Vous n'êtes pas sorcier, je pense?

— Non, monseigneur : mais je suis *il signor Pulcinella*, c'est-à-dire la voix qui va à la fibre de la multitude, la voix qui sait parler le langage de la foule, la voix qui remue ou apaise les passions, la voix qui fait vibrer les sentiments les plus intimes comme les plus réels dans tous ces cœurs à la fois violents et naïfs qu'on éloigne avec un acte oppressif, qu'on ramène avec un mot sympathique. Suspendez donc tout ordre de rigueur ; au besoin, faites rentrer la troupe ; puis laissez-moi agir : demain le peuple sera revenu au devoir.

— Fort bien, dit le duc ébranlé. Mais, reprit-il avec une certaine méfiance, qui me répond de vous, de votre sincérité ?

— Ceci est la chose la plus simple du monde. Que des agents de votre police se mêlent aux spectateurs et s'approchent de mon théâtre en plein vent : Votre Excellence apprendra par eux si j'ai été sincère.

— Francesco, vous me paraissez un homme intelligent. Votre projet me plaît. Allez, occupez-vous de nous : on pourra bien ensuite s'occuper de vous.

II

Le soir étant venu, la foule commença, selon l'usage, à inonder les quais, les rues et les places· Mais qu'il y avait loin de sa physionomie à celle des temps habituels! et qui se serait cru dans Naples, la ville des délices, la ville qu'il faut avoir vue si l'on veut avoir vécu?...

Jamais peut-être l'agitation n'avait été plus forte; car il n'était bruit parmi les groupes que des dispositions militaires prises dans la journée.

Voici qu'une voix stridente se fait entendre... Voici que le théâtre de Pulcinella s'illumine de ses deux quinquets. L'appel du fantoccino est réitéré, sifflement sur sifflement. Le petit rideau se lève... Pulcinella paraît, salue, pousse un éclat de rire et se met à gambader.

La foule s'étonne, elle a peine à en croire le témoignage de ses yeux et de ses oreilles. Miséricorde! Est-il possible! Ce soir, comme d'ordinaire, notre petit homme de bois va s'évertuer!...

Mais c'est de la folie. Le petit homme ne sait donc pas ce qui se passe!... Et nous qui sommes peut-être au moment de nous faire tuer, irons-nous comme des imbéciles nous attrouper autour de cette toile et de ces bâtons?...

On hésite, mais on avance tout de même. Ce que c'est que la force de l'habitude et l'attrait du plaisir.

Personne n'y voulait aller, et maintenant tout le monde y est.

— Ah! le beau public! s'écrie Pulcinella. A la bonne heure! voilà mes chers petits enfants, mes amis les lazzaroni, les facchini, les pêcheurs et bien d'autres !... Grande réunion! spectacle extraordinaire, où nous n'aurons pas cette fois le bruit des carrosses pour nous troubler. C'est égal, vous ne payerez pas un carlin de plus. Attention ! ça va commencer. Il y a en bas un signor Pippo qui demande à paraître.

— Parais, Pippo! cria la foule. Ohé, Pippo !
Pippo se montre. Il est vêtu en lazzarone.

On applaudit en riant, tant ce lazzarone est naturel, tant il bâille bien, se secoue avec précision, puis se met gentiment à danser la tarantelle pour achever de se dégourdir.

— Bravo! Pippo ! bravo!...

Les premières dispositions étaient bonnes. Il ne s'agissait plus que de continuer pour exercer sur les spectateurs une action puissante et décisive ; mais aussi il était bien nécessaire de cacher le but, de déguiser la moralité tout en la rendant sensible.

La gaieté de Pippo ne sera point de longue durée. Un personnage hideux, coiffé d'un tricorne sale, vêtu d'une houppelande galonnée, se présente et harponne Pippo.

— Paye-moi l'impôt, la dîme, la taille, la gabelle! Paye encore, paye toujours !

Pippo donne son bonnet, ses souliers, sa culotte. Que lui restera-t-il à donner ! Il se désespère donc lorsque Pulcinella, le grand redresseur de torts, arrive, fond sur le collecteur, le bâtonne, lui arrache la défroque de Pippo et le met en fuite. Pippo, enchanté, se rehabille et va trinquer avec son libérateur. Entrent deux gendarmes, chargés de l'arrestation de nos insoumis. Pulcinella les harangue et les détermine à prendre part aux libations. Ainsi, cette fois, ce n'est pour le seul plaisir de faire du tapage que Pulcinella se met en lutte contre l'autorité, c'est pour assister les faibles et les pauvres. Quand il a bien fêté et régalé Pippo, — à crédit, cela va sans dire, — il le renvoie avec un petit sermon conçu en ces termes, — ou à peu près :

Ami, rassure-toi : sur la machine ronde,
Le soleil, en bon père, éclaire tout le monde.
Trouve-moi donc quelqu'un qui ne possède rien :
Moi, j'ai ma double bosse, et saint Roch eut son chien !
On ne t'ôtera point le rayon qui t'anime,
Ni ton Vésuve avec un panache à sa cime ;
On ne t'ôtera point les flots bleus de la mer,
Ni le gentil zéphyr qui lutine dans l'air,
Ni les fleurs qui, pour toi, croissant le long des routes,
Sollicitent ton choix et t'appartiennent toutes.
Ton grand panier te sert de panier et de nid ;
Tu savoures l'orange et le macaroni ;
Tu n'as jamais besoin de peigne ni de brosse ;
Sans payer de cocher tu grimpes en carrosse ;
Tout chante pour te plaire, et dans le *far niente*,
Repose ton bonheur avec ta liberté.
Ris toujours, ris au nez du maître ; car il passe,
Et s'il a ses palais, tu possèdes la place.
Ris du matin au soir et du soir au matin :
Car c'est tout réunir qu'être Napolitain !

— Bravo! bravissimo!... crie la foule enthousiasmée.

Aussitôt l'on eût pu voir mes lazzaroni sauter, gambader, s'embrasser, jeter au loin leurs bâtons, reprendre leur air accoutumé d'insouciance et de gaieté, sans plus se mettre en peine des impôts que si les impôts n'eussent jamais existé.

Le triomphe de Pulcinella fut complet : et nous ne craignons pas d'affirmer que Ménénius Agrippa n'eut pas plus de succès avec son apologue des *membres et de l'estomac*.

III

Un mois après la scène que nous venons d'exposer, il y avait dans un somptueux *palazzo*, non loin de la Villa-Reale, un homme à l'extérieur grave et distingué; cet homme, un Sicilien, disait-on, s'était installé en ce lieu avec un certain air officiel. On l'appelait le comte de Pombrico. Presque toujours renfermé chez lui et livré à des travaux de cabinet, il ne sortait guère que pour se rendre chez S. Exc. le duc de Giordanelli, dont il paraissait posséder pleinement la confiance.

Ce M. de Pombrico était un mystère vivant. Ses voisins cherchaient vainement à l'étudier, comme ses gens à l'espionner, on ne pouvait tirer de lui un mot qui révélât son passé : il échappait aux conjectures, défiait la médisance et forçait l'envie à battre en retraite. Sa demeure restait fermée aux fêtes, au mouvement, à la joie.

Un jour, cependant, cette maison, jusque-là sombre et silencieuse, s'illumina soudain et s'emplit comme d'une vive et charmante harmonie. Ce jour-là, M. de Pombrico rentrait en carrosse avec une jeune fille ravissante sous le costume d'une pensionnaire du couvent des Ursulines de Caserte.

— Ma fille ! mon Agnèse ! répétait-il avec une sorte d'ivresse, ne se lassant point de contempler cette belle enfant de dix-huit ans qui, avec ses cheveux noirs, ses yeux pleins de lumière, l'ovale pur et allongé de ses traits, avec la sveltesse de sa taille et la délicatesse exquise de ses mains, ressemblait aux modèles les plus suaves des madones du quinzième siècle. — Mon Agnèse! Que de temps écoulé dans l'absence ! Comment ai-je pu rester tant d'années privé de ton aimable présence? Moi qui autrefois ne pouvais m'éloigner de ton berceau !... Ah! qu'il y a dans la vie de cruelles nécessités !...

— Je vous crois, mon bon père, disait la gentille Agnèse : moi aussi, j'étais bien triste de ne pas vous voir; et si je travaillais avec courage, si je priais avec ardeur, c'était dans l'espérance d'être enfin réunie à vous.

— Te voilà! tout est bien.

— Vous voilà! je suis contente; Dieu m'a exaucée.

— O mon Agnèse, il n'en eût pas été ainsi, jamais tu n'eusses franchi un seuil étranger si le sort ne m'eût cruellement frappé dans le seul être qui m'ait aimé, dans ta pauvre mère, ma Térésina... J'étais soutenu par elle. Aux moments rudes, j'avais son sourire; dans la pauvreté, sa parole consolante...

— La pauvreté, mon père! répéta la jeune fille non sans quelque étonnement.

— Oui, pourquoi cette surprise?

— Parce que, grâce à vous, rien n'a manqué à mon éducation, et parce que mon regard, lorsque j'entre ici, n'y rencontre que le luxe.

— Des dehors! des apparences! dit le pére en soupirant. Mais aussitôt il reprit avec fermeté, du ton d'un homme qui chasse d'importuns souvenirs : — Tu as raison, chère enfant, la pauvreté n'est pas à craindre pour toi; et si j'ai eu à supporter des épreuves, j'espère qu'elles sont terminées. Te voilà grande et belle; ma foi! nous verrons ce qu'il y aura à faire. Mais tu m'aimes bien, n'est-ce pas? et il te serait agréable de rester avec ton père?

— Oh! pouvez-vous me le demander?... Est-ce que j'ai jamais rêvé autre chose?... Fiez-vous à moi : je serai votre petite ménagère, j'aurai soin de votre maison, vous verrez!

Et, en effet, Agnèse entra immédiatement en fonctions. Elle allait, venait, donnait des ordres, faisait un inventaire général avec une vivacité juvénile qui amusait M. de Pombrico. Lorsqu'elle fut lasse de son nouveau rôle, elle essaya son piano, qu'elle trouva excellent, puis après avoir brillamment joué une ouverture de Rossini, elle alla se mettre au balcon, où elle se pencha gracieusement.

Précisément un mélomane s'était arrêté pour entendre à l'aise le morceau du grand maestro; et quand ce mélomane aperçut Agnèse, il poussa une exclamation en homme qui reconnaît son monde. Agnèse l'avait également reconnu et elle répondit à son salut tout en se retirant du balcon.

— Mon bon père, s'écria-t-elle, quelle surprise! J'ai vu... c'était bien lui, notre ancien organiste du couvent, le signor Scipione d'Ubalcion, un bien honnête gentilhomme. Il nous donnait des leçons d'harmonie. Nous l'avons toutes regretté quand il a voulu partir pour revoir la Sicile, son beau pays.

M. de Pombrico prit à peine garde à cette confidence. Mais le lendemain même, il fut un peu étonné de recevoir la visite du signor Scipione. Il fut froid et réservé, tandis que le jeune musicien, plein de chaleur et d'enthousiasme, parlait avec une rare vivacité.

— Je suis étranger à Naples, dit ce dernier, mais je viens m'y fixer. Mon pays est la Sicile : c'est le vôtre, monsieur, n'est-il pas vrai ?

— En effet..., répondit avec une sorte d'hésitation M. de Pombrico. Mais cela ne m'explique pas l'honneur que vous me faites...

— Eh quoi ! monsieur, s'écria Scipione, pouvez-vous donc vous étonner qu'un galant homme aspire à la compagnie d'un de ses concitoyens qu'on lui a peint sous les traits les plus honorables ? A Naples, nous autres Siciliens, nous sommes isolés, vus avec méfiance ; aussi ne saurions-nous trop nous serrer. Pour ma part, je serais ravi de lier avec vous un commerce d'amitié. Mademoiselle Agnèse peut vous dire que je fus toujours, à son couvent, recherché et estimé de tous.

Cette proposition fut accompagnée de nombreuses démonstrations : malheureusement, plus le jeune homme y mettait de chaleur, plus son interlocuteur lui opposait de froide réserve. C'était un flambeau promené sur un mur de glace.

Cependant, au bout de quelques visites, Scipione avait gagné la confiance de **M.** de Pombrico, et Agnèse, d'abord invisible, finit par se montrer.

Il se trouva qu'Agnèse et Scipione furent tout de suite très bons amis, dans la loyauté de leur caractère et leur mutuel amour pour la musique.

Le père les contemplait gravement ; son regard allait de l'un à l'autre ; ce regard exercé semblait consulter l'avenir et chercher si ces deux êtres se convenaient, s'ils étaient nés pour s'appartenir mutuellement.

Bientôt la connaissance devint de l'habitude, l'habitude conduisit à l'amitié solide.

Cela durait depuis un mois quand on vint prévenir un soir M. de Pombrico que Son Excellence le duc de Giordanelli l'attendait à l'instant même.

— Que peut me vouloir le duc?... murmura-t-il tout ému.

Aussitôt il fit atteler et se rendit en toute hâte au palais du ministre.

Celui-ci se promenait de long en large dans son cabinet.

On annonça M. de Pombrico. Le duc l'invita

poliment à s'asseoir et lui dit à demi-voix, dès qu'ils furent seuls :

— Mon cher Severini, je vous remercie de votre empressement.

— Votre Excellence connaît mon zèle...

— Je l'apprécie. Vous avez vu que j'ai cherché à vous récompenser dignement et à vous mettre en bonne posture dans la société.

— Aussi ma reconnaissance sera-t-elle éternelle.

— Allons au fait. Je suis très inquiet.

— Mon Dieu ! qu'y a-t-il donc, Excellence ?

— Ce qu'il y a, Severini ! ce qu'il y a !... La menace et presque la certitude d'une prochaine éruption du volcan populaire.

— A quel sujet ?

— Au sujet de *Pulcinella*.

M. de Pombrico, — ou plutôt Francesco Severini, — devint pâle comme la mort.

— Ne vous troublez pas, mon cher, mais écoutez-moi attentivement. Ce n'est pas vous qui avez besoin d'apprendre à connaître le peuple de Naples : grand enfant, il tient par-dessus tout à la partie frivole de la vie; pour lui le plaisir est l'élément essentiel, le plaisir en plein air, et principalement ce spectacle grotesque et passablement satirique, par lequel vous avez tant de fois tenu en éveil sa curiosité et satisfait son esprit frondeur. Après le soleil, *Pulcinella* est la base de son existence. Or, quand les honneurs sont venus à Pulcinella — juste récompense, à coup sûr, — Pulcinella, a donné sa démission et laissé à des confrères le soin d'amuser le peuple. Cela a pu durer quelques semaines; mais notre peuple napolitain était trop fin pour s'y laisser tromper; bientôt il a reconnu que la monnaie qu'on lui offrait n'était que de grossier billon; il a murmuré, sifflé, hué, et enfin il s'est fâché à ce point qu'il a mis en pièces hier le théâtre de *Scaramucia* et celui de *Pancrazio*. De toute nécessité, il faut que nous lui rendions *Pulcinella*. J'ose attendre de vous ce nouveau service.

— De moi, Excellence!... balbutia Francesco.

— Sans doute. Me serais-je abusé en comptant sur votre zèle?

2.

Le ministre avait articulé nettement ces paroles ; et il ajouta :

— Je conçois qu'il vous serait pénible de descendre du faîte de la position où je vous ai placé. Dieu me garde de vous rien reprendre, moi qui vous considère comme un homme intelligent et très utile en administration. Mais écoutez : vous pouvez parfaitement vous doubler, être le jour pour nous M. de Pombrico avec la perruque et la moustache que vous avez adoptées pour dissimuler vos traits et défier les souvenirs, et le soir redevenir Francesco Severini pour la joie du peuple et la tranquillité de l'État.

Francesco sentit que toute objection ne servirait qu'à irriter le ministre.

— Monseigneur, dit-il en s'inclinant, votre volonté sera accomplie.

— Vous m'enchantez !

— Mais plaise à Dieu que le secret de ma double existence ne soit connu de personne ! de ma fille surtout !...

— Votre prudence vous couvrira, Où est votre ancien attirail !

— Dans l'humble logis que j'occupais, à l'autre bout de la ville.

— Rien de mieux : le soir, vous partirez de là incognito; un valet spécial dressera le théâtre, et vous n'aurez plus qu'à vous y glisser. Ce n'est pas bien difficile.

— Encore une fois, Excellence, je vais me mettre en devoir de répondre pleinement à vos désirs.

— Vous êtes un homme précieux, Francesco. Soyez tranquille : un jour viendra, j'espère, où je pourrai vous dispenser de la fatigante besogne que je vous impose.

En quittant le ministre, Francesco retourna chez lui pour expliquer à sa fille l'appel inattendu du duc de Giordanelli. Puis quand l'heure fut avancée, il se couvrit d'un manteau léger, prit un chapeau aux bords larges et rabattus et chemina rapidement vers son ancienne demeure.

Lorsqu'il entra dans ce réduit misérable, le cœur lui battait. Ah! quel changement avaient produit en lui six semaines d'intervalle et un sort meilleur? Il en était à comprendre maintenant qu'il eût pu vivre en ce lieu. Çà et là gisaient éparses les marionnettes couvertes de poussière et disloquées : il les releva l'une après l'autre en soupirant, les secoua, rajusta leur costume, répara leurs fils, leur rendit le mouvement, presque la vie, et en même temps la parole, s'essayant à improviser comme autrefois, à trouver des pointes, des *concetti*.

Sombre au sein de cette gaieté forcée, une larme aux yeux en face de ces figures grotesques, il se fût senti moins disposé à mettre en ordre qu'à briser les petits hommes de bois. Mais non ! il fallait dès le lendemain retrouver une verve éteinte, il fallait reconstruire son tréteau, il fallait rire par la bouche du Polichinelle, il fallait fustiger les ridicules avec le bâton d'autrefois !... Ainsi le voulait un ministre. Et ce même ministre, après avoir élevé aux honneurs Francesco Severini, le ramenait violemment vers la couche inférieure où il l'avait recueilli !... Oh ! douleur et rage ! plaisanter, rire, amuser la foule avec le désespoir dans le cœur !

IV

Quinze soirées se suivirent au milieu de l'eni-
vrement du bon peuple de Naples. On ne s'abordait plus entre lazzaroni, qu'en se disant : —
« Iras-tu voir Pulcinella? » Et la réponse inva-
riable était : — « Oh ! je n'y manquerai pas. »
Et à l'heure où se couchait le soleil, les groupes
joyeux, bras dessus, bras dessous, s'acheminaient
vers le lieu du plaisir, chantant à pleine voix
comme par le passé :

Andiam, andiam in fretta
A veder Pulcinella.

Jamais Pulcinella n'avait eu plus de verve,
plus de brio, mais aussi jamais il n'avait décoché
plus de traits malins. Personne n'était épargné,
pas plus les présents que les absents, pas plus le
peuple que les grands seigneurs; — le feu était
tiré sur toute la ligne. Gare aux bombes! Pulci-

nella était sans merci, et le diable lui-même n'avait qu'à bien se tenir.

Cependant Agnèse était tombée dans une profonde inquiétude. Quelle cause pouvait forcer M. de Pombrico à sortir seul, à pied, chaque soir? Où allait-il? Pouvait-on présumer qu'il se rendît chez le ministre, ainsi qu'il le disait? Quelle apparence que Son Excellence travaillât invariablement à cette heure? et si M. de Pombrico n'avait pris qu'un prétexte, sa fille n'avait-elle pas lieu de craindre que ces absences nocturnes et réitérées ne fussent accompagnées d'un péril?

Elle ouvrit son cœur à Scipione, qui, admis à titre intime chez M. de Pombrico, avait su, par sa loyauté, inspirer au père d'Agnèse assez de confiance pour qu'il le laissât seul le soir avec sa fille, sans autre témoin que la vieille duègne Dorotea.

— Rassurez-vous, signora, dit fermement Scipione, je sonderai ce mystère, et il ne se passera pas deux jours avant que je l'aie éclairci.

Deux jours se passèrent; le troisième, ce ne fut

point Scipione qui vint, mais une lettre qu'il avait écrite à M. de Pombrico. Il lui annonçait que des affaires importantes le rappelaient en toute hâte à Messine; qu'il ne pensait pas devoir revenir jamais à Naples. En conséquence, il le priait d'agréer ses adieux et ses regrets, et de dire à la bonne Agnèse qu'il n'oublierait pas ses touchantes vertus, sa grâce exquise, sa candeur et son mérite.

Cette lettre fut pour Agnèse un coup de foudre.

— Il est parti, parti pour toujours!... Oh! l'ingrat!... Nous qui lui avions témoigné tant d'amitié!...

Et la pauvre enfant inondait de larmes le sein de son père.

Tout à coup une pensée désolante, un éclair sinistre traversa son esprit.

— Il m'avait promis de chercher à découvrir le secret de mon père. L'aurait-il découvert, en effet, et ce secret serait-il déshonorant?...

Ce qui n'était d'abord chez Agnèse qu'une lueur vague devint bientôt une conviction.

Ainsi au malheur se joignait la honte.

Et ce qu'il y avait de plus cruel, c'est que, partagée entre le souvenir d'un ami et la tendresse filiale, Agnèse ne pouvait blesser son père par une question indiscrète; c'est qu'elle était forcée de contenir en elle-même les idées dévorantes qui la torturaient sans relâche.

Fidèle avant tout à un devoir sacré, la jeune fille se résigna au silence qui tue. Jamais elle ne prononçait le nom de Scipione, jamais elle n'interrogeait son père sur sa vie mystérieuse du soir; mais en revanche, dans la règle étroite qu'elle s'imposait, elle sentait ses forces décroître, sa beauté s'altérer et les roses de ses joues disparaître.

Il eût fallu à Francesco bien peu de clairvoyance pour ne pas s'apercevoir de ce dépérissement. Muet en face d'un malheur qu'il ne pouvait conjurer, il souffrait horriblement, lui qui voyait son enfant, — son trésor suprême, — déjà frappé par le sort; lui qui était obligé de s'arracher d'auprès de son Agnèse pour aller, l'âme rongée de soucis, jeter à la populace les accents d'une gaieté désordonnée !

— Pour l'amour du ciel, qu'as-tu donc, mon Agnèse ?

— O mon bon père, ne vous mettez pas en peine.

— De grâce, révèle-moi ton secret.

— Je n'en ai pas.

— C'est impossible : tu me caches quelque chose.

— Si j'en avais le droit, mon père, je vous demanderais si vous ne me cachez rien.

Francesco resta grave et muet. Il pencha la tête et prit les mains de sa fille : elles étaient brûlantes.

—Grand Dieu ! elle a la fièvre ! s'écria-t-il. Et appelant :

— Paolo, Beppo, Nérina, courez tous. Vite un médecin !

— C'est inutile, mon père, je me sens bien.

En disant cela, Agnèse avait pâli et s'était affaissée sur elle-même. Son père la plaça sur un divan, lui fit respirer des sels, l'appela à haute voix, la pria de lui répondre. Inutiles efforts ! Après avoir si longtemps travaillé à cacher son état moral, la jeune fille succombait sous la durée et la fatigue de la lutte.

— Mon enfant!... Mon Agnèse!... reviens à toi!... Réponds!... Un mot, un seul mot!... Tu n'es pas morte, n'est-ce pas!... Ayez pitié de nous, mon Dieu!...

Le médecin, les serviteurs s'étaient empressés autour d'Agnèse. Mais le temps s'écoulait sans provoquer une crise salutaire.

Déjà il était trop tard.

On annonça un secrétaire du ministre.

— Son Excellence, dit l'envoyé à Francesco, vous invite, monsieur, à ne pas oublier ce qui est convenu entre elle et vous.

— Oui... oui..., murmura Francesco.

Il fit quelques pas au hasard.

— Mon père!... dit Agnèse, soulevant sa tête pâle. Ne m'abandonnez pas... encore!

Francesco vint vers elle. Il était fou de douleur.

Le secrétaire le prit par le bras en disant à demi-voix :

— Songez que monseigneur a bien recommandé...

De nouveau, Agnèse fit un mouvement.

Le malheureux Francesco vint alors tomber à genoux auprès du divan, les mains jointes, en s'écriant :

— Mon Dieu ! périsse ma fortune, mais conservez-moi mon enfant !

Sans oser insister davantage, l'envoyé du duc partit; mais à la porte même du salon il se croisa avec un jeune homme qui entrait précipitamment. C'était Scipione.

— Agnèse ! Agnèse ! dit celui-ci d'une voix déchirante.

La jeune fille entr'ouvrit les yeux, laissa s'échapper de ses lèvres décolorées un cri de joie et tendit à Scipione une main qu'il couvrit de larmes.

—C'est fini, reprit-il, j'avais essayé de lutter contre mon cœur... J'ai été vaincu... Me voici, pour toujours. Il faut que votre père devienne mon père!...

C'était trop de bonheur : Agnèse eut autant de peine à le supporter qu'elle en avait eu à supporter la tristesse et le deuil de la séparation.

Cependant Francesco, redevenu ferme par le sentiment d'un devoir à accomplir, avait renvoyé ses gens, puis s'adressant avec force à l'artiste :

— Monsieur, dit-il, je ne vous tromperai pas, dût mon aveu me coûter ma fille. J'ai été autre chose que ce que je parais être. Autrefois je...

Scipione l'interrompit vivement, et avec une délicatesse exquise :

— N'achevez pas, monsieur, ou plutôt laissez-moi achever...

Du regard il lui indiqua Agnèse qui écoutait avec anxiété, et il ajouta, d'un ton simple et affectueux :

— Je sais tout... Vous avez été pauvre, — ce qui certes n'est pas un crime... — Vous avez dû demander à votre intelligence des moyens d'existence... Avant de devenir l'objet des faveurs du premier ministre et de vous appeler M. de Pombrico, vous vous êtes appelé Francesco Severini...

— Oui, vous savez tout, murmura ce dernier... et alors, vous savez sans doute aussi que je suis lié par un engagement envers le ministre?...

—Cela m'est connu encore. Mais écoutez, mon père...

— Moi, votre père !

— Mon père, écoutez-moi. Un départ rompt les engagements, et l'on peut vivre heureux à Messine aussi bien qu'à Naples, n'est-il pas vrai ?

— Je n'ose plus rien dire ; vous nous comblez.

— Ce sera donc Agnèse qui me répondra. Signora, voulez-vous adopter mon plan ? Demain matin, nous recevrons la bénédiction nuptiale ; le soir, nous nous embarquerons.

Agnèse dit avec un sourire angélique :

— Vous êtes dès ce moment mon seigneur et mon maître... Que votre volonté soit faite.

V

Le lendemain, un bâtiment à vapeur emportait vers les rives de la belle et poétique Sicile Francesco, Agnèse et Scipione.

Ce soir-là — comme les soirs suivants, — *Pulcinella* fit relâche.

LA MAIOS

I

Un soleil éclatant dorait la vieille ville papale d'Avignon, si grave et si majestueuse avec ses souvenirs et ses monuments séculaires. On voyait se découper vivement, sur le fond bleu d'un ciel inaltérable, les tours massives et les mâchicoulis du château des papes, de même que le portail imposant de Notre-Dame-des-Doms. Les rayons bienfaisants descendaient jusque dans les ruelles étroites du quartier Saint-Symphorien, et portaient à chaque maison la bénédiction de la joie et de la santé.

C'est qu'avril se terminait et annonçait le prochain retour de mai.

Mai qui, dans les provinces brumeuses de l'ouest, ne répond guère aux chants des poètes et remplit trop souvent de pluie la corolle des fleurs; tandis que, sous l'azur de la Provence et du Comtat Venaissin, il s'empourpre des plus splendides couleurs!

Ah! c'est là, c'est bien là que mai est le mois du *renouveau*, le mois de la poésie, le mois de la Reine des Anges.

Parmi les maisons qu'animait la chaleur du soleil, il en était une qui, plus que toute autre, avait besoin du bienfait de la lumière. Ses murs fendus et crevassés çà et là accusaient le délabrement et la pauvreté. On eût vainement cherché dans les chambres ces beaux revêtements de stuc qui maintiennent le frais et la propreté, comme aussi ces parquets qui simulent la mosaïque et rappellent l'art des anciens. Cependant à défaut de la richesse, un travail ingénieux avait fait presque du luxe à côté de la misère; ainsi l'on avait disposé de la terre d'où s'élançaient la clématite et

la vigne grimpante. Et quel luxe que celui-là, —
le luxe de Dieu !... Les branches, chargées de
fleurs au parfum exquis, couraient autour des fenêtres étroites dont tous les châssis étaient levés.
La senteur pénétrait au sein de la maison d'où
l'on pouvait entendre le chant des oiseaux qui se
posaient, les uns sur la vigne, les autres sur le
toit de tuiles courbes.

Au rez-de-chaussée, formant deux comparti-
ments, se tenaient trois personnes : un vieillard,
une femme âgée et une jeune fille.

Ces trois personnes offraient, entre elles, un
frappant contraste. — Le vieillard et sa femme,
Jacques Bissaou et Geneviève, étaient inclinés par
l'âge sans être affaiblis : mais la violence des passions avait contracté leurs traits en y imprimant
ces lignes ineffaçables qui s'appellent des rides.
A la mobilité de leurs regards, au mouvement
fébrile de leurs lèvres, il était facile de juger de
la nature toute méridionale et irritable de ce cou-
ple avignonnais. Assis l'un en face de l'autre, à
une table grossière, ils achevaient une légère
collation. Pas un mot ne s'échappait de leur

bouche; évidemment leur pensée était absorbée par la préoccupation intérieure.

Quant à la jeune fille, assise sur un petit banc auprès d'une fenêtre, elle filait avec une activité qui ne se démentait pas un seul instant. Son petit pied pressait la pédale du rouet, et il fallait voir comme la roue tournait et comme le chanvre devenait de beau et bon fil sous les doigts de Clarisse.

Avec ses cheveux noirs bien lisses que traversait et retenait une grande épingle d'acier, avec sa robe simple, avec ses traits admirablement réguliers, avec son sourire doux et pur, Clarisse rappelait les Madones que Sanzio fit descendre du ciel sur la terre par la merveilleuse divination du génie. Il y avait dans l'expression sérieuse de son visage le sentiment noble et grave de la jeune fille qui commence à comprendre la vie; de même que dans son maintien modeste et presque timide, il y avait encore de l'enfant qui ne sait qu'obéir.

— Eh bien! petite, lui dit tout à coup le père, rompant un silence qui avait duré une heure, pourquoi ne desserres-tu pas les dents, ce matin?

— Dame! mon bon père, répondit Clarisse, suspendant un moment son travail, je sais que vous n'aimez pas à être dérangé quand vous réfléchissez, et je me gardais de faire du bruit.

— Ton gazouillement n'est pas du bruit, ma fauvette; ne crains pas de chanter, de babiller; cela me distrait, au contraire. J'ai tant d'ennuis!

— Ah! que je voudrais pouvoir les alléger!... Je serais si heureuse de vous épargner une peine!

— Sans doute, sans doute. Je te connais, va, mon enfant. Il est malheureux que les hommes n'aient pas le cœur de ma Clarisse, et que, pour la plupart, ils soient si méchants!

— Mon père, je crois, si vous me permettez de le dire, que vous êtes un peu sévère à leur égard.

— Avec cela que j'ai eu à me louer d'eux! Commemétayer, je me suis vu privé de la moitié au moins du produit de mes récoltes. Un maudit intendant m'a dépouillé et fait jeter dehors.

— Le propriétaire, M. le baron de Montour, vous a indemnisé plus tard en partie.

— C'est vrai, celui-là, je n'ai rien à lui reprocher ; il n'habitait pas le pays, et ce n'est pas sa faute si M. Morin s'engraissait aux dépens des travailleurs.

— Vous savez aussi que la fille de M. le baron, mademoiselle Clotilde, qui est si bonne, est venue plusieurs fois nous voir, nous autres, pauvres gens, et que c'est même en faisant pour elle bien de l'ouvrage, que j'ai appris à coudre, à broder.

— Je sais tout cela, ma mignonne ; tu es habile, Dieu merci, et tu ne manqueras jamais, tant que tu auras bonne vue et doigts alertes. Cependant j'en reviens à dire et soutenir que les hommes sont mauvais, à preuve l'ennemi que j'ai dans ma propre famille !

Clarisse et Geneviève joignirent les mains : elles avaient peur de l'orage qui ne manquait jamais de se produire au cœur du vieux Jacques, lorsqu'il évoquait ce souvenir.

— Ton père t'a invitée à chanter, dit vivement

Geneviève; fais-nous donc entendre la chanson de mai.

— Très volontiers, ma mère, murmura Clarisse avec soumission parfaite, bien qu'en ce moment elle eût plutôt envie de pleurer que de chanter.

Les strophes suivantes tombèrent comme des perles de ses lèvres fines :

Messager que Dieu nous envoie,
O mai charmant, ô mai fleuri,
Tu fais épanouir la joie
Dès que ton soleil a souri.
La primevère, à ton haleine,
S'ouvre avec les bleus liserons;
Et de la montagne à la plaine
Vont tes parfums et tes rayons.

En chœur s'assemblent les familles;
Au foyer rentre le bonheur;
C'est fête pour les jeunes filles,
C'est la fête de la candeur.
Tous les jours semblent des dimanches.

Remplis de fleurs et de chansons;
Et quand pleuvent les roses blanches,
Les harpes d'or jettent leurs sons.
Mai, doux réveil! mai, douce aurore!

Heureux qui peut, à son retour,
Voir la terre qui se colore
Et te salue avec amour !
L'oiseau te chante sous l'ombrage.
L'humble laboureur te bénit ;
Et toi, tu nous dis : « Bon courage
Dans la chaumière et dans le nid. »

La jeune fille accompagnait sa lente mélopée du mouvement de son rouet qui formait une sorte d'harmonie rustique et étrange. Soudain Jacques se leva, et frappant du poing sur la table :

— Assez ! assez ! cria-t-il. Ce chant me fait mal. Il peint un bonheur que je n'éprouve plus, une tranquillité qui m'est interdite.

Ce fut vainement que Geneviève et Clarisse essayèrent de calmer Bissaou. Il se promenait à grands pas et bourrait sa pipe pour occuper ses mains fiévreuses. Puis, levant les yeux vers le coucou aux longues cordes armées de poids :

— Midi déjà ! dit-il ; femme, donne-moi mon chapeau et mon bâton. Il faut que j'aille au tribunal.

— Toujours le tribunal !... dit tristement Geneviève. Ces hommes de loi nous mangeront le peu qui nous reste !...

— Que veux-tu, Geneviève?... A qui la faute?... Est-ce moi qui ai cherché des raisons à Joseph?... Lui, un frère, il a voulu me déposséder! C'est certain, il prenait pour lui la meilleure part de notre héritage : et, si je n'y avais mis bon ordre, tout passait chez cet ambitieux !... Ah! mais la justice est là, et je plaide! et je gagnerai !... Eh bien, quoi! Clarisse, tu vas pleurnicher ainsi qu'à ton ordinaire... Cela m'ennuie, et je te défends de me donner des avis qui ne serviraient qu'à m'irriter davantage.

Dans la disposition d'esprit où se trouvait Jacques, ce qu'il y avait de plus sage, c'était de ne point le heurter.

Geneviève remit au vieillard son chapeau et son bâton. Celui-ci fit quelques pas pour s'éloigner; puis se retournant et attirant à lui Clarisse, il la baisa au front en lui disant : — Tu es pourtant une bonne petite enfant, une bénédiction vivante. Ah! si l'on ne m'avait pas amené ainsi à être violent... Je t'ai interrompue dans ta chanson; elle est jolie comme toi, ta chanson, ma fillette. Sois tranquille, tn me la rediras tout entière, et je l'écouterai bien attentivement.

Là-dessus il sortit, en grommelant sur sa route.

II

A peine Jacques s'était-il éloigné, qu'un jeune homme qui, depuis quelque temps, se tenait dans la rue comme en observation, se dirigea vers la maison dont la porte était restée entr'ouverte. Il entra de plain-pied dans la principale pièce du rez-de-chaussée, là où se trouvaient la mère et la fille.

A sa vue, retentit une double exclamation, mélangée de plaisir et d'effroi.

— Martial! dit Geneviève.

— Mon cousin!... murmura Clarisse.

— Que viens-tu faire ici, malheureux? reprit la première. Comment c'est toi, Martial?... Mais tu ne sais donc pas que mon mari ne peut pas te souffrir? Il n'y a pas cinq minutes qu'il est sorti... Et s'il rentrait en ce moment, il t'arrangerait joliment!

— Soyez tranquille, ma tante, répondit le jeune homme, qui ne paraissait point de nature à se laisser intimider facilement; j'avoue que j'ai attendu le départ de mon oncle Bissaou et que je préférais ne pas le rencontrer : mais ce n'est pas que j'aie peur de lui. Je l'aime trop pour le craindre.

— Explique ça ; tu ne le crains pas et en même temps tu l'évites !

— Parce que vous avez plus de sang-froid que lui ; parce que je préfère vous communiquer d'abord le motif de ma visite ; je suis sûr que vous m'écouterez patiemment, vous!

—Oui, oui, mais parle, parle vite. Mon homme n'aurait qu'à rentrer.

— Oh! il n'y a pas de danger. Il a été trouver la justice pour son procès ; et la justice n'est pas expéditive. On aurait plus tôt fait de traverser le Rhône à la nage.

En parlant ainsi, Martial avait l'air inquiet.

— Vous ne me dites rien, ma cousine? dit-il à Clarisse.

Celle-ci sourit tristement et posa un doigt sur ses lèvres; sous ce signe il y avait la révélation d'une défense.

— Je comprends, reprit alors le jeune homme en se frappant le front. Voilà où nous en sommes venus! à ne pouvoir pas plus nous faire amitié que si nous étions turcs à chrétiens!... Eh bien! j'observerai la règle, soyez-en certaine. Je commence dès à présent.

Il s'assit de travers, tournant presque le dos à Clarisse. Celle-ci s'était remise à son travail; rouge et les yeux pleins de larmes, elle baissait la tête. En garçon discret, Martial ne se retournait pas même à la dérobée; il n'eût voulu ni désobliger sa tante ni embarrasser sa cousine.

Martial cependant devait une explication à Geneviève et il la donna ainsi :

— Voyez-vous, ma tante, mon père aimait votre mari, et ils seraient restés unis ensemble comme par le passé, n'était un mauvais homme qui s'appelle Robin, et qui brouillerait les saints entre eux, si c'était possible; tant il y a que mon père qui ne connaissait pas le travail des champs ayant été toute sa vie de la corporation des portefaix, n'a pas été plutôt en possession de son héritage qu'il s'est trompé sur la valeur des terres et a cru, d'après les mauvais conseils de Robin, qu'il avait été lésé dans le partage. Et alors il s'est fâché avec son frère, et puis...

— Et puis ils ont plaidé, dit Geneviève.

— Tout juste, ma tante, et voilà le malheur. On eût pu se raccommoder; mais une fois que la justice s'en mêle, on va plus loin qu'on ne le voudrait. Il n'y a plus moyen de s'arrêter.

— C'est vrai, mon garçon, tu conçois bien les choses.

— Ah! je suis payé pour les concevoir. Il y a si longtemps que j'entends parler de chicane! Si l'on m'écoutait, le papier timbré irait à tous les diables et les robes noires suivraient le papier timbré.

Il se retourna légèrement pour voir quel effet ses paroles avaient produit sur Clarisse. Clarisse n'avait pas bougé, et elle donnait à sa physionomie une immobilité presque glaciale.

— Enfin, reprit-il, voici ce qui est arrivé ; il a fallu payer bien des frais depuis trois ans que dure l'affaire. Je ne crois pas que vous soyez riches, vous ; quant à nous autres, nous ne le sommes pas du tout. Comme mon père me sait ennemi du procès, il se cachait de moi ; mais j'ai fini par m'apercevoir de la position quand j'ai vu que la maisonnette commençait à s'effondrer de tous côtés, que le bétail mort n'était pas remplacé, et que le pain manquait dans la huche. Alors je me suis dit : « Il faut trouver un remède au mal, peut-être avec un effort réussirai-je à tirer mon pauvre père d'une position si pénible. » Aussitôt j'ai imaginé un moyen décisif. Je me suis engagé comme remplaçant militaire...

A ces mots une double exclamation retentit dans la chambre. Clarisse quitta son rouet et courut au jeune homme en lui disant avec anxiété :

— Comment ! mon cousin, vous avez fait cela ! vous avez vendu votre liberté, votre avenir, votre sang peut-être !

Une expression de reconnaissance se peignit

dans les regards de Martial. Il saisit sa cousine par la main et dit :

— Enfin vous vous décidez à me parler, méchante! Vous n'êtes donc pas sourde et muette?

— Ne riez point, Martial... pour l'amour de Dieu ! ne riez point. C'est grave cela de s'engager de quitter son pays, sa famille, ses amis, sans savoir si l'on reviendra jamais peut-être. Quel sacrifice vous accomplissez là!

— Non, Clarisse, non, ce n'est pas un sacrifice dès que je remplis un devoir. J'ai jugé que, même en travaillant de mon mieux, il ne m'était pas possible d'aider mon vieux père autant que je le désirerais, j'ai pensé ensuite qu'une somme un peu considérable lui donnerait un petit revenu et enfin, j'ai espéré qu'en me voyant acheter à un si haut prix les ressources suprêmes destinées à mon père, les deux frères Bissaou jureraient leur fâcheuse querelle, se raccommoderaient pour toujours et retrouveraient le bien-être qu'ils ont perdu par leur faute. Tel est le secret que je venais vous communiquer. Ah! si je m'étais trompé, ce serait bien cruel. Vous

vous taisez toutes deux! ajouta le jeune homme avec anxiété.

Et interrogeant leur visage, il leur laissa le temps de se recueillir et de répondre.

— Qu'a dit ton père? demanda Geneviève.

— Il ignore ce que j'ai fait.

— Alors, mon pauvre Martial, ne te réjouis pas encore. M'est avis que ton père sera plutôt fâché contre toi que reconnaissant de ton dévouement.

— Non, non, ne me donnez pas cette idée affligeante. J'aime à croire que mes intentions seront récompensées. Demain, du reste, vous en saurez davantage; car demain il sera instruit. Quant à vous, j'espère que vous ne négligerez rien pour changer les dispositions de votre mari.

— Ce sera difficile.

— Enfin vous y travaillerez, n'est-ce pas?

— Tu n'en peux douter, mon cher enfant : va, le bon Dieu te bénira.

— Merci, ma tante. Je pars un peu fortifié. Au revoir... pas pour longtemps, ma cousine...

Un moment après, Martial s'était éloigné.

Aussitôt, Clarisse parut animée d'une disposition intérieure qui avait quelque chose de mystérieux et de surhumain. Ses yeux brillaient, des paroles vagues s'échappaient de ses lèvres. Elle alla prendre son voile, l'attacha sur sa tête, roula son chapelet autour de son poignet, et dit à sa mère qui la contemplait en silence :

— Ne vous inquiétez pas, je sens le besoin d'aller prier Notre-Dame-des-Doms. Ce n'est qu'au pied de son autel que je pourrai retrouver le calme. Tout cela m'a affligée. La sainte Vierge daignera peut-être visiter notre maison et y ramener la paix. Vous me permettez, n'est-ce pas, de me rendre à l'église ?

— Oui, mon enfant, oui, je m'associe à ta prière. Tu es une digne fille. Qui sait si tes $vœu_x$ ne seront pas exaucés ? Marie est si bonne! elle écoute ses serviteurs. Toute petite, je t'ai vouée à son amour, et tu l'as toujours aimée. Suis ton idée, elle est excellente. Ah! je suis comme toi : cela m'afflige bien de voir partir Martial, qui est si brave garçon.

Au bout de quelques minutes, Clarisse arriva à l'église de Notre-Dame-des-Doms ; et là, agenouillée sur les dalles, elle répandit toute son âme dans une de ces prières longues, ferventes et mouillées de larmes, qui ne peuvent manquer de monter jusqu'au trône céleste. L'heure s'écoulait sans que la jeune fille s'en aperçût. L'image de Marie semblait s'être animée et lui adresser un sourire affectueux ; l'Enfant-Dieu semblait, lui aussi, tendre vers elle ses petits bras. C'était le concert de l'humilité, de la foi et de la bonté suprême.

— Sainte Vierge, répétait sans cesse Clarisse, daignez calmer des cœurs que la violence a agités ; daignez réunir ceux qui n'eussent jamais dû être séparés ; daignez faire cesser le spectacle d'une discorde qui est un scandale et un malheur.

Elle ajouta aussi, mais bien bas :

— S'il est un moyen pour que le bon Martial puisse rester au pays, daignez étendre jusque-là votre protection ; car Martial est nécessaire à son vieux père, son départ nous laisserait à tous bien des regrets.

Soudain une vague rumeur, semblable à des

voix qui chuchoteraient, arriva jusqu'à Clarisse et lui fit tourner la tête. Quelle fut la stupéfaction de la jeune fille lorsqu'elle se vit entourée d'une foule de personnes, parmi lesquelles elles reconnut ses amies, les compagnes de son âge ! Toutes avaient les yeux fixés sur elle, et paraissaient attendre, pour lui parler, qu'elle eût achevé sa prière. Elle se leva, et, incertaine, fit deux ou trois pas. Au même instant, elle fut entourée, fêtée... On l'entraîna hors de l'église sans qu'elle opposât de résistance, mais aussi sans qu'elle sût pourquoi l'on s'occupait d'elle, pourquoi on la félicitait.

Lorsque Clarisse parut sous le portail, elle vit la place couverte d'une foule innombrable ; hommes, femmes, enfants, s'y pressaient, parlant presque tous à la fois avec la vivacité des gens du Midi. A l'aspect de Clarisse, des cris d'enthousiasme éclatèrent ; on battit des mains, on agita les chapeaux :

— Vive la *Maios !* vive la *Maios !*

Telle fut la clameur générale.

— Qu'est-ce donc ? demanda Clarisse.

toute palpitante d'émotion. — Qui salue-t-on ?

— C'est toi !... lui répondit une jeune fille.

— Comment ?

— Oui, ma chère petite, tu as été choisie entre toutes ; tu as l'honneur d'être nommée *Maios* cette année.

— Ah ! mon Dieu ! mais je ne mérite pas...

— Si, si ! crièrent vingt voix, vous méritez d'être la *Maios !*... C'est vous qui mettrez le mois de mai sous l'invocation de la sainte Vierge, et vous nous porterez bonheur !

III

Quel contraste dans l'humble maison du quartier de Saint-Symphorien !

Jacques Bissaou rentrait, le cœur agité de passions violentes : il avait rencontré Robin par qui il se croyait spolié et qu'il considérait, en outre, comme l'actif instigateur du procès, et il avait échangé des paroles amères avec cet homme.

Or, voilà qu'en arrivant à sa maison, il aperçoit une foule remplie d'allégresse et ne s'entretenant que de la modestie, des vertus, de la grâce touchante de la *Maios!*...

Il eut peine à franchir le seuil de sa porte.

Chez lui, c'était un autre spectacle.

Des jeunes filles entouraient Clarisse et achevaient de la parer, tandis que Clarisse se laissait faire et que Geneviève tantôt riait, tantôt pleurait. On avait revêtu la *Maios* d'une robe blanche : on lui avait couvert la tête d'un voile semé d'étoiles en argent ; une couronne de roses et des bouquets de fleurs attachés à sa robe complétaient cette parure virginale.

— Quo ! dit Jacques, est-il possible, mon enfant ! c'est toi qu'on a choisie cette année ?

— Oui, mon père, répondit Clarisse.

Et s'agenouillant :

— Bénissez-moi ; j'ai prié pour vous, pour votre repos, pour votre consolation. Il me semble que la sainte Vierge m'a exaucée. Veuillez vous joindre à votre fille... Abjurez des ressentiments qui doivent expirer aujourd'hui.

Jacques inclina la tête et garda le silence.

— Votre neveu est venu ici en votre absence, reprit Clarisse, décidée à frapper un grand coup.

— Martial!... il a osé!...

— Oui, il est venu vous apprendre que, pour tirer son père d'une ruine certaine, il s'est engagé comme remplaçant militaire. Le pauvre Martial nous a fait ses adieux.

Cette révélation fut prononcée d'une voix assez haute pour être entendue de la foule. Il se fit un murmure d'enthousiasme; le nom de Martial circulait de bouche en bouche avec toutes les inflexions de l'estime. On vit même quelques jeunes gens se détacher des groupes et s'éloigner en toute hâte, comme s'ils voulaient aller porter leurs félicitations et leurs regrets au fils dévoué.

Cependant, Jacques avait paru réfléchir, et son front s'était obscurci. Après l'intervalle donné à la méditation, il s'écria :

— Puisque c'est fini et qu'il n'y a pas de remède, puisse ce brave garçon être béni !

Tout était prêt : la *Maios*, revêtue de ses brillants

atours, avait une grâce et une beauté admirables. On l'entraîna vers la rue où les vivats, qui avaient retenti déjà une fois, se reproduisirent avec un nouvel enthousiasme.

Le cortège se mit en marche. Une bannière était portée en tête ; des enfants, chargés de corbeilles, semaient sur leur passage des roses effeuillées ; un cœur de jeunes filles disait tantôt des hymnes, tantôt des chansons naïves ; puis venait la *Maios* entourée d'autres jeunes filles vêtues de blanc comme elles ; et, ensuite, la masse du peuple avec ses cris et ses transports d'allégresse.

Aux côtés de Clarisse, on pouvait voir Jacques et Geneviève, fiers de la distinction accordée à leur enfant.

Arrivé à la porte Saint-Michel, le cortège s'engagea dans la campagne, comme pour y répandre les bénédictions de mai. Le soleil se détachait lumineux sur l'azur du ciel ; un souffle tiède agitait les cimes des arbres, dans la magnifique avenue bordée de platanes, de grenadiers et d'aubépines, qui conduit de l'abbaye de Saint-Ruf aux sources de la fontaine de Vaucluse.

Terre où tout est poésie et souvenir, où la vieillesse a gardé ses plus beaux privilèges, où le peuple aime et conserve précieusement ses coutumes.

Et le cortège avançait toujours, semant la pluie des roses et l'harmonie des chants.

Tout à coup un bruit d'instruments se fait entendre. On s'arrête, on écoute. D'un sentier qui croise l'avenue arrive distinctement ce cri prononcé par des centaines de voix :

— Vive le *Carri!*

Le *Carri*, c'est-à-dire un autre cortège formé par les garçons; une autre fête en l'honneur de mai, cérémonie qui, elle aussi, a son charme et remonte aux temps les plus anciens.

Si la *Maios* est une reine des fleurs, le *Carri* offre un roi nommé également par acclamations, un roi qui chemine sur son chariot orné de branches vertes, de guirlandes, de rubans et de drapeaux; un roi qui a devant lui des musiciens, auprès de lui un lieutenant, derrière lui la foule empressée.

Le *Carri* arrivait, traîné par douze mules coquettement harnachées et secouant avec joie leurs grelots et leurs bouffettes de laine rouge. Tout un orchestre y avait pris place : sur un siège élevé l'on voyait le roi qui saluait gravement son peuple.

Les deux cortèges s'arrêtèrent en se joignant.

— Vive la *Maios !* crièrent les gens du *Carri*.

— Vive le *Carri !* répondirent les jeunes sujettes de la *Maios*.

C'était Martial sous les attributs de la royauté printanière.

C'était Clarisse sous le voile et la couronne blanche.

Mais ils n'étaient pas seuls à être émus. Tandis que Jacques et Geneviève avaient accompagné leur fille, Joseph Bissaou avait voulu être le lieutenant de son fils. Les deux vieillards se contemplèrent ; puis leur regard se reporta sur leurs enfants si purs, si bons, si généreux, sur ces êtres dévoués que l'estime générale venait de couronner. Joseph descendit du Carri, et, les yeux pleins de larmes, il s'élança vers son frère en s'écriant :

— Est-ce que nous ne nous embrasserons pas ?

Jacques répondit par un cri de joie.

Pour la première fois, depuis trois ans, les frères avaient senti leurs cœurs s'unir et battre dans les mêmes émotions et la même tendresse.

— Mon pauvre Joseph!...

— Mon pauvre Jacques !...

Voilà tout ce qu'ils pouvaient se dire. Mais la foule avait compris et applaudissait.

Une inspiration vint alors à quelques jeunes gens. Puisque la *Maios* et le *Roi de mai* sont le cousin et la cousine, puisqu'ils portent le même nom, puisqu'ils sont tous deux les modèles de leur âge, unissons-les sur le *Carri.*

On invita et l'on força presque Clarisse à monter sur la plate-forme fleurie de la voiture et à s'asseoir à côté de Martial.

— C'est la sainte Vierge qui a fait ce miracle!... dit Clarisse. Je l'avais tant priée, et elle si bonne!...

— Nos pauvres enfants !... dit alors Jacques. Faut-il qu'ils soient réunis aussi pour être bientôt séparés!... Tu perds ton fils!... et c'est le fruit de notre discorde!...

— Non! non! crièrent des centaines de voix; il ne partira pas. Il s'est vendu pour son père, mais nous l'avons racheté pour l'honneur de notre ville. Vive le roi du *Carri!*... vive la *Maios!*

Jacques monta à son tour sur le chariot, et il unit en souriant les mains des jeunes gens.

— Que le cortège n'en fasse plus qu'un, dit-il; le roi et la reine ne se sépareront pas!

On se remit en marche, et tout Avignon fut aux portes et aux fenêtres pour y voir ce qui ne s'était jamais vu, — le *Carri* et la *Maios* cheminant ensemble dans la plus parfaite intelligence.

FIN

TABLE DES MATIÈRES

PARIS. — IMPRIMERIE ÉMILE MARTINET, RUE MIGNON, 2.

9 782013 666596